Zukunftsgeschichten
Band 1: Megatrends

Kurzgeschichten

2., überarbeitete Auflage, März 2016

Autorinnen und Autoren: Sibylla Amstutz, Michael Doerk, Chris Ebbert, Urs Gaudenz, Julie Harboe, Ute Klotz, Barbara Kummler, Christine Larbig, Jens O. Meissner, Bettina Minder, Stijn Ossevoort, Roland Portmann, Christian Lars Schuchert, Ursula Sury, Patricia Wolf

Cover Fotos: Konrad Marfurt

Zukunftsgeschichten

Vorwort

Ute Klotz und Patricia Wolf

Als aufgeklärte und neugierige Menschen interessiert uns die Zukunft. Im besten Falle möchten wir mehr darüber wissen, im schlechtesten möchten wir sie bereits heute ändern. Beides funktioniert nicht. Die Zukunft ist im Heute noch grau – wir können sie nicht vorhersehen. Auch wenn wir gerne die Möglichkeit hätten, zu einer Handleserin zu gehen und zu versuchen, den Nebel aus der Glaskugel zu schütteln.

Was wir jedoch können, ist, die Zukunft vorausdenken, nicht deterministisch, sondern in Geschichten darüber, wie sie sein könnte. Das wäre eine individuelle und proaktive Zukunftsbewältigung, welche eine Vielfalt von Perspektiven, Interpretationen von Trends und Themen bringt. Und Geschichtenpluralität braucht

die Menschheit, auch als Gegengewicht zur
Gleichschaltung in vielen Lebensbereichen.

Die Geschichten in unserem Buch wurden von
den Mitgliedern des Zukunftslabors Creal ab
der Hochschule Luzern geschrieben. Sie be-
ziehen sich auf jeweils drei Megatrends aus
der Megatrend-Map 2.0 vom Zukunftsinstitut in
Wien. Die Kombination der Trends und auch
die Geschichten, die daraus entstanden sind,
sind einzigartig. Sie sind keine Vorhersagen
und frei erfunden. Und wenn sie Leser zu weiteren Geschichten über die Zukunft inspirieren
sollten, freuen wir uns auf Zuschriften unter
crealab@hslu.ch.

Inhaltsverzeichnis

Zukunftsgeschichten

KUHGLÜCK

*TRENDS: URBAN FARMING,
NACHHALTIGKEITSGESELLSCHAFT, QUARTIERE*

BETTINA MINDER UND SIBYLLA AMSTUTZ

Interview mit Jens Jan Jackobson, Cow-Working-Coach (CWC), 19.02.2047

Jetzt coachen Sie diese Kühe in ihrer Lebensgestaltung, wie ist es zu dem gekommen?

Wir konnten in der Vergangenheit zwei Entwicklungen beobachten. Die erste war, dass unsere Kühe in der Schweiz eine grosse Sinnkrise hatten. Dies merkte man daran, dass sie anfingen, Tanzschritte zu machen und Lachanfälle hatten. Etwas völlig Artfremdes. Wir haben uns wirklich Sorgen um die psychische Gesundheit unserer Kühe gemacht. Die zweite Entwicklung war, dass die Bauern ratlos und überfordert waren, wie sie mit der Hitzebelastung der Kühe umgehen sollten. Wofür eine

Lösung gefunden werden musste. Traditionelle Betreuungskonzepte haben da völlig versagt. Aufgrund dieser Entwicklung haben wir begonnen, verschiedene Massnahmen auszuprobieren. Zum Beispiel kultureller Austausch, Bewegungstherapien und neue Umgebungen.

Das entwickelte Modell ist ja einzigartig und sehr erfolgreich auf der Welt, und Ihre Kühe werden auf Kongresse eingeladen. Was macht dieses Modell aus?

Die Kühe erhalten individuell auf ihre Bedürfnisse abgestimmte, sinngebende Aufgaben, wie z.B. Verkehrsberuhigung und Patienten-Gesellschaft. Die Fähigkeiten und Charaktereigenschaften der einzelnen Kühe unterscheiden sich sehr stark. Und daher ist es wichtig, mit ihnen zusammen die entsprechenden Aufgaben zu definieren. Wir haben die Erfahrung gemacht, dass es kontraproduktiv wäre, ihnen Aufgaben zu verordnen. Zum Beispiel gibt es Kühe, die gerne unterwegs sind und andere, die eine gewohnte Umgebung bevorzugen.

Diese Aufgaben geben den Kühen Sinn und man merkt, dass sie Verantwortung übernehmen und Teil der Gesellschaft sind. Zum anderen konnten wir mit den Kühen in den Städten und Quartieren neue Gesundheitsmodelle etablieren. Es gibt Quartierkühe, die beim Transport der Einkäufe helfen, und es gibt Streichelkühe in ausgewählten Siedlungen, die auch für ältere Personen zugänglich sind. Ausserdem sind die Kühe in unseren Strassen allgegenwärtig und der Verkehr hat sich damit beruhigt und die Strassen sind sicherer geworden.

Und das zweite Hauptelement ist der kulturelle Austausch mit Indien. Wir haben festgestellt, dass insbesondere die Kühe mit verantwortungsvollen Aufgaben Pausen brauchen, in denen sie andere Eindrücke erhalten und Erfahrungen sammeln können. Viele der Kühe sind nach einem Austausch in Delhi offener für neue Aufgaben und können das Wissen weitergeben. Die indischen Kühe, die sich hier aufhalten, bringen eine neue Kultur in den Westen, unter anderem Gelassenheit.

Was meint denn die Bevölkerung in den Städten dazu, wenn sich Kühe in öffentlichen Parks und in den Strassen aufhalten?

Anfänglich war das sicher ungewohnt und zum Teil gefährlich, weil Mensch und Tier den Umgang nicht gewohnt waren. Bis auf zwei, drei ungelöste Fragen hat sich das Modell bei uns etabliert. Die Leute sehen den Vorteil und insbesondere die Kinder haben geholfen, den Erwachsenen die Vorteile aufzuzeigen. Sie sind beispielsweise bei einem Stau ausgestiegen und haben die Kühe gestreichelt.
Nach einer Pilotphase sahen die anfänglich kritischen Politiker den finanziellen und gesellschaftlichen Mehrwert des Modells. Mittlerweile sind die Kühe bei uns so selbstverständlich, dass man sie nicht mehr missen möchte.
Was würden Sie einem anderen Land empfehlen, welches das gleiche Modell einführen möchte?
Wir haben gelernt, dass der Aufwand für die Bedürfnisabklärung unterschätzt wurde. Es lohnt sich wirklich, von Anfang an viel Zeit dafür zu investieren. Wir haben unter anderem

Beobachtungsstudien durchgeführt und uns anschliessend über die Ergebnisse mit den Kühen in langen und mehrmaligen Sitzungen ausgetauscht. Dort haben uns die anfänglich skeptischen Bauern geholfen, die Kühe zu verstehen. Erstaunlich ist, dass jede Kuh genau vermittelt, was sie will und was sie nicht will. Und so haben wir für jede Kuh ein eigenes Profil erstellt. Die Daten sind in einer interaktiven Datenbank gespeichert. So sind wir in der Lage, Bedürfnisse und passende Kühe zu matchen. Bisher hat das sehr gut funktioniert.

Des Weiteren haben wir unterschiedliche Bevölkerungsgruppen, unter anderem Kinder, Autofahrer, Pflegeinstitutionen, Polizei und ältere Menschen, am Modell partizipieren lassen. Bei den älteren Menschen konnten wir von den Erfahrungen, die sie aus ihrer Kindheit mit Kühen hatten, sehr profitieren.

Wichtig ist, dass man im kulturellen Austausch mit anderen Ländern bleibt, die ebenfalls bereits Erfahrungen gesammelt haben. So sehen wir die Zusammenarbeit mit Indien als wichtigen Teil dieses Modells an. Mittlerweile ist die

Cow-Working-Community weltweit stark gewachsen, hat alljährliche Veranstaltungen und tauscht sich im Netz aus.

Haben Sie das Gefühl, dass diese Entwicklung die Gesellschaft verändert hat?

Es gibt weniger Wohnungswechsel in den Städten und Quartieren. Es scheint also, dass die Bevölkerung eine gewisse Beziehung zu den Kühen entwickelt hat. Gleichzeitig entwickelt sich das Konzept laufend weiter: Es gibt neue Kühe und neue Aufgaben, Quartiere verändern sich und es bilden sich Netzwerke. Auf der gesundheitlichen Ebene haben wir noch keine konkreten Daten erhoben, wir nehmen jedoch an, dass die neue Tätigkeit der Kühe sich positiv auf die Stresssymptome der Menschen auswirkt.

Möchten Sie noch etwas hinzufügen?

Wir stellen zunehmend fest, dass andere Tiere an diesem Modell Interesse haben und mitarbeiten möchten. Insbesondere Enten und

Schwäne kann man immer wieder in den Quartieren sehen, wie sie vermehrt Aufgaben übernehmen, unter anderem Kinder über die Strasse begleiten. Der nächste Schritt wird nun sein, deren Bedürfnisse zu erheben und die Aufgaben zu koordinieren. Ich kann mir auch gut vorstellen, dass es noch weitere Tiere geben wird, die am gesellschaftlichen Miteinander partizipieren möchten.

Zeitung: New Delhi Paragraph
Interviewer: Omin

LESEN VERBOTEN

*TRENDS: OPEN SCIENCE, DIY PRINZIP,
SELFNESS*

URS GAUDENZ UND PATRICIA WOLF

„Auszug aus der Zeitschrift „Genetische Philosophie" vom 04.08.2214:

Die Vorstellung vom wissenschaftlich geprägten Beginn unseres Jahrtausends geht häufig mit der Annahme einher, es habe sich um ein Zeitalter der Gentechnik gehandelt. Aber bis vor 100 Jahren kannten die wenigsten ihr Genom, das Gottesbuch, wie es damals auch genannt wurde aus eigener Lektüre. Das lag nicht nur daran, dass ein grosser Teil der Gesellschaft keinen Zugang zu Lesegeräten zur Entschlüsselung der DNA besass. Sie waren zudem nicht in der Lage, den Gencode zu lesen und das darin gespeicherte Wissen zu interpretieren. Deshalb waren die meisten auf einfache sogenannte DNA Tests wie 23andMe angewiesen. Bis zum Ende der Ära der Wissensgesellschaft hinein gab es auch immer wieder Verbote für Normalbürger, die DNA zu lesen und zu interpretieren. Die Wissenschaft wollte ihr Deutungsmonopol nicht aus der Hand geben.

Zwar wurden schon zum Ende des zweiten Jahrtausends einzelne Teile des menschlichen Genoms entschlüsselt und die daraus synthetisierten Proteine identifiziert, aber diese Analyse fertigten Wissenschaftler an, das heisst: Sie richteten sich nicht in erster Linie an Laien, sondern an die Pharmaindustrie. Es handelte sich um ausgewählte Gene, meist um Gene, die mit Krankheiten assoziiert wurden, sogenannte Gendefekte, mit deren Heilung die Pharmaindustrie dann auch viel Geld verdiente.

Um 1990 wurde von Ärzten des US-amerikanischen Bundesgesundheitsinstituts an einem vierjährigen Mädchen eine gentherapeutische Behandlung durchgeführt. Die Patientin Ashanti DeSilva litt an einem Immundefekt und wurde wiederholt gentherapeutisch behandelt.

Der Therapie an Ashanti DeSilva ging ein dreijähriges Genehmigungs verfahren voraus.

Im Zuge der DIY-Bio-Bewegungen im ersten und zweiten Jahrhundert des dritten Jahrtausends begannen sich jedoch auch Laien für die Gentechnik zu interessieren, und erstmals wurden Ansprüche laut, sie selbst lesen zu können. Die Wissenschaftsgemeinschaft wies dies vehement zurück. 2004 wurde Steve Kurtz, Gründungsmitglied der Kunstperformance Gruppe Critical Art Ensemble, vom Amerikanischen Federal Bureau of Investigation (FBI) festgenommen und sein Labor durchsucht mit dem Verdacht des Bioterrors. 2013 lud das FBI Exponenten der DIY-Bio-Bewegung ein mit der Absicht, ihre Motive zu erkunden und sie mit einem ethischen Code in die Schranken zu verweisen. Über das ganze erste Jahrhundert galten solche ethischen Codes oder auch Verbote zur Arbeit mit genetischem Material. Die Verbote wurden immer dann restriktiv angewandt, wenn Laien den Anspruch erhoben, sich selbst Zugang zum genetischen Code verschaffen und ihn lesen und selber deuten zu wollen.

Die Verbote hingen damit zusammen, dass die als autonom gebrandmarkten Bewegungen jener Zeit, insbesondere die Hacker und Macker, sich unmittelbar auf den Gencode bezogen und Interpretationen heranzogen, um Laien einen nicht durch die Wissenschaft geprägten Zugang zum menschlichen Erbgut zu ermöglichen. Wissenschaftliches Wissen sollte dem Laien vorwiegend über neue Produkte verkauft und damit in einen kommerziellen Kontext eingebettet werden, der die Deutungshoheit der Wissenschaft betonte.

Erste Ansätze zu einer Gesamtübersetzung des menschlichen genetischen Codes finden sich in der Mitte des ersten Jahrhunderts im Umkreis der Hackteria-Bewegung. Daneben entstanden in ganz Europa mehr und mehr Laieninterpretationen, und ihre Verfasser nahmen sich das ganze menschliche Genom vor, inklusive Epigenetik. Verschiedentlich ist das erste Jahrhundert deshalb das „Jahrhundert des Laien-Genoms" genannt worden. Die meisten Übersetzer sind wegen der zu befürchtenden Verfolgung durch die Pharmakonzerne anonym geblieben. Die zahlreichen Übertretungen der Gentechnikgesetze machen allerdings deutlich, wie weit interessierte Laien sich bereits von den etablierten gesellschaftlichen Ansichten emanzipiert hatten und einen eigenen Deutungsanspruch erhoben.

Die wohl bedeutendste Übersetzung aus dem ersten Jahrhundert stammt von einem namentlich nicht bekannten Schweizer. In seiner Vorrede schrieb er, viele einfältige Laien würden den göttlichen Code viel genauer verstehen als etliche Wissenschaftler, denn jene behaupteten zwar, nur sie verstünden die Wissenschaft, hatten sich aber nie wirklich damit beschäftigt. Die Wissenschaftler fürchteten, dass das Volk ihre Irrtümer bemerken könnte und sie fürchteten, dass sie nicht mehr so geehrt würden, wenn diese den Gencode selber lesen könnten.

Auf dem Future Forum Lucerne 2040 „Gencode revisited" zeigte sich, dass die ersten Übersetzungen bereits ein Jahrhundert vor ihrer offiziellen Anerkennung Wirkung erzeugten. Die Organisatoren verstanden sich deshalb nicht zufällig als jene Nachfolger der Generation „We have always been Biohacker", der wir das Recht auf freie Interpretation des Gencodes zu verdanken haben.

„Krass", sagte sie, „das kommt heraus, wenn man die Bibelgeschichte um Luther auf das Lesen des Gencodes umschreibt?" Er grinste nur und nickte.

Letzte Zelebration der Sitzungen

Trends: Weibliche Bildungsgewinner, Shareness, Talentismus

Julie Harboe

Die Rede verwendet Terminologien der Periode nur wenig angepasst für vorLeben Leser in der Hoffnung, dass ihr uns durch reverse-Speak hört.

Liebe anwesende mitDenks,

Wir sind heute da, um die Zelebration der letzten 'Sitzung' hier in der Halle zusammen zu feiern. Unser European Quality Ressort gibt es, wie wir wissen, jetzt mehr als 800 Einheiten (mit den grünen, gelben und roten teilEinheiten). Unser periMeter ist der sicherste der Quadrate. Die unter uns jünger sind, werden die Zelebration vielleicht nicht so spannend finden wie die von uns, die noch Modelle von Bürokratie und Stunden-Arbeit, Arbeits-Tische,

Projekt-Pläne und Arbeits-Prozesse und Arbeits-Orte gekannt haben. Es war damals nicht so eine zelebrative lebendigKeit wie heute und unsere mitDenks hatten, wie sie gesagt haben, ‚strukturierte' Einheiten für das, was man damals ‚Zeit' und ‚Arbeit' nannte. Für sie waren Sitzungen ganz wichtig.

Es ist sublim erstaunlich für mich, mich daran zu erinnern, wie es war, als ich hier zu den Ebenen kam. Wir gingen am Morgen in ein Haus, haben uns an Tische hingesetzt und haben angefangen, einander mit viaCom sogenannte E-Mails zu schreiben. Ab und zu konnten wir bis zu 3x60Momente der besten morgenLuft-Leben mit dem Schreiben verbringen. Wir haben einander sogar hin und her geschrieben, was wir heute nur mitKonnekten. Diese Art mitDenk-Organisation mit Hilfe geschriebener Worte wurde sehr respektiert, bis Randapuri Harensdarab's Ausführungen über das Vernichten der Vibrationen durch surfacility unsere Einsicht in inhaltlichKeiten neu aufstellte.

Teil der ‚Struktur' des Arbeits-Ortes waren auch die Sitzungs-Zimmer. Diese waren etwa wie unsere konnektRäume, aber mit essentiellen fremdlichKeiten, eben mit Tischen und ohne mitPflanzen. Weil es nur noch so wenig von diesem Sitzungs-Geist - wie es, soweit ich noch weiss, meine grossMutter sagte - gibt, haben wie uns entschieden, einen solchen für euch heute kurz zu reNovieren. Danach, und das ist vielleicht das Wichtigste für uns, die noch in der Einheit-der-Regel einen grossen Teil unser lebendigKeit gaben und unsere Zeit im leeren unDenk verbracht haben, werden wir unseren Herzen den Frieden geben und die Sitzungen für immer galaktisch los werden.

Als vorLebens-mitDenk exploriere ich, welche grossen unterSchiede wir als lebensForm mitgemacht haben. Und ich denke zum Beispiel an das Sterben aller Pferde vor vielen, vielen Blüten, damit andere Formen von transMission von Menschen möglich wurden, zuerst z.B. mit Autos (die man sogar wie Pferde gesteuert hat, haha). Es ist klar für mich, dass dieser verLust der verBindung zu den Tieren, die für so viele Einheiten Teil der lebendigKeit war, zu viel mehr innerer Leere und Kälte führte, als die mitDenks generell verstanden haben. Die traurigKeit der Menschen, die vielen deprimierten Hunde, die in den jahrHunderten nachher so viel Schrecken auf den grauen-Kontinenten verbreiteten, muss in diesem zusammenHang gesehen werden.

Mit den Sitzungen war es anders, aber, wenn wir uns heute entscheiden, diese in die Galaxen zu katapultieren, freuen wir uns sehr, dass sie für immer verdunkelt sind. Wie mit anderen Sachen, die so für das damalige – um wieder das alte bürokratische Wort zu verwenden – System – natürlich waren, ist es schwierig, sich zu reNovieren, was die eigentliche Meinung über die Sitzungen war. Ich kenne immer noch die ganz unelegante Terminologie, die meine grossMutter für die Sitzungen verwendete: das Penis-Schütteln (sie hat ja Insulär gesprochen und hat glaube ich Penis-Shake gesagt). Ich muss zugeben, dass ich nicht ganz weiss, wie viel hier spinDenk ist, meine grossMutter war ja für unsere Einheit nicht nur gegen das unDenk sondern schlagend freiDenk, aber sie hat doch viel Denk vom vorLeben gelagert. Also gemäss ihr sollten Sitzungen insbesondere dem Maskulinum die Möglichkeit geben, seine Rolle und Dominanz zu stimulieren. Das war eine Art von Interaktion, welche für die Feminum so fremd war, dass sie sich davon distanzierten und als eine für das Feminum unbekannte Art unSprachliche Regel identifizierten. Es scheint, dass Argumente hin und her angepasst wurden, bis ein Gewinner gefunden wurde. Wegen dieses Spiels, also dem Penis-Shake, war es für die Maskulinum so wichtig - und das bekannteste Kunstwerk der grünen teilEinheit ist daher auch das Urinal von R. Mutt.

Persönlich finde ich es interessant, dass wir es heute als eine liebenswerte Qualität ansehen, dass die Maskulinum in dieser fast naiven Weise ihre physische aufmerksamKeit in die Bürokratie eingeben konnten. Natürlich konnten die Femininum sich auch zu diesen irrelevanten Gesten hingeben, und wurden hier extra vitriolisch, aber meine grossMutter würde das nicht gerne zugeben. Sie gehörte ja zu den heftigen viertGenerationen-Feministinnen und (und dies sage ich ohne Stolz) war ganz militant, obwohl sie später viele ihrer wertEinheiten in die Grosse-Wappen-Schmelze investierte.

In Sitzungen konnte man die Agendas rollend halten, wie die Kuratoren sagten. Die Sitzungen waren nach einer typischen späten Definition der grünen teilEinheit die zentralen beHälter von machtVortäuschen. Was ich als MASHUP-Person der gelben teilEinheit immer faszinierend fand, war die ernsthaftigKeit, womit die Grünen in ihre Agendas hinein verschwanden.

Der Schlüssel zur perMutation der Sitzungen und der Grund, dass sie wie die Bürokratie am Schluss verschwand, war, wie ich schon genannt habe, mit der erScheinung von Harensdarap verbunden. Harensdarap identifizierte, dass Sitzungen eine komBination der stärksten surfacility Faktoren für Denken waren, welches zu einer fast totalen enTropie der inHalte führte. Nicht nur sassen die Personen, und zwar ohne sich zu bewegen, um einen Tisch herum - das höchste auf der Energie-Schwund-Skala. Sie folgten zudem auch freiwillig den geschriebenen Agendas und hatten eine einzelHirn definierte Plattform. Die scheinMacht, die hier entwickelt wurde und die totale abwesendHeit von lebensDenk führte zu der sogenannten one-way-Logik, die am Schluss das Denken der grauenKontinente verstopfte und zur kurzen überNahme der tanzLogik, bevor es zu den farbenRessorts kam. Es ist überraschend, dass Sitzungen, obwohl sie nicht wirklich in geBrauch waren, diese umStellungen wie eine unsichtbare Kraft überlebten.

Obwohl dies unsere Herzen kurz beschwert, ist das Erbe der Sitzungen ein Bild davon, wie weit wir seit dem vorLeben gekommen sind. Wer würde heute daran denken, dass man, indem man um einen Tisch sitzt, das Denken anhalten könnte und dass die langsamen eine-nach-dem-andern-Sprechen wortKetten zu

wachsendem vibrationExchange führen könnte. Die grauenKontinente hatten viele solcher
merkwürdigen konTainer. Wir haben nur noch
wenige von diesen und von den Sitzungen
verabschieden wir uns gerne. Wir bitten in
abSprache mit den anderen kontinentalen
Ressorts nun die bunte mitDenk FloraLupa
darum, den totalkontinentalOrdner zu Sitzungen für immer in die unendlichen Galaxien
abzustossen.

Die jährliche Gehirnwäsche

Trends: Bildungs-Business, Female Leadership, Feedback-Gesellschaft

Ute Klotz

Vor zwei Tagen haben Linda und Florence, zwei Professorinnen an der Hochschule für Zukunftsfragen in Bad Berghausen, ihre Meinung über den Zustand der Welt und der Politik nochmals entscheidend geändert. Linda, als promovierte Bloggerin, und Florence, als promovierte Medienkünstlerin, würden sich selbst als kritisch, krisenerprobt und gerechtigkeitsliebend bezeichnen. Sie hatten eigentlich nur einen Grundsatz, nämlich nie naiv zu sein. Seit mehr als 10 Jahren arbeiteten sie an der Hochschule für Zukunftsfragen und hatten in diesen Jahren eine Veränderung des Bildungssystems erlebt, die sie nicht für möglich gehalten hätten. Sie waren jetzt beide 39 Jahre alt und würden ab dem nächsten Jahr den Titel „Lehrkraft mit besonderen Aufgaben" erhalten. Der Professorentitel wird ihnen altershalber entzogen werden. Das bedeutet, dass sie nur noch den Unterricht inhaltlich vorbereiten, aber nicht mehr halten werden.

Der Grund ist, dass man den Studierenden Frauen und Männer in diesem Alter als Professorinnen und Professoren nicht mehr zumuten möchte. Im Rahmen eines hochschuleigenen Forschungsprojektes war man dieser Frage nachgegangen, und es hatte sich gezeigt, dass die Studierenden, wenn sie von älteren Professorinnen und Professoren unterrichtet werden, grosse Angst vor der Zukunft hatten. Hinzu kam, dass den Studierenden teil- und zeitenweise die Augen tränten, und die Eltern dadurch annahmen, dass bleibende Augenschäden zurück bleiben könnten. Das entscheidende Argument war aber, und völlig unabhängig von den Forschungsergebnissen, die Drohung der Eltern, ihren studierenden Kindern zukünftig die finanzielle Unterstützung zu verweigern oder sie an einer anderen Hochschule studieren zu lassen, wenn die Hochschulleitung nicht endlich Massnahmen ergreifen würde. Die Eltern waren nämlich der

Meinung, sie müssten ihren Kindern so lange wie möglich eine Welt ohne Krankheit, ohne Armut und ohne Alter zeigen. Die Hochschulleitung hatte daraufhin die Drohungen der Eltern im Führungscockpit, kurz TRUS (Totalitäres Rektoren UnterstützungsSystem) genannt, eingegeben, mit ihm verschiedene Zukunftsszenarien durchgespielt und dann das vom TRUS erlassene Reglement per Videobotschaft veröffentlicht. Ja, das ist nur eine von vielen entscheidenden Veränderungen in der Hochschullandschaft der Schweiz.

Vor zwei Tagen hatten sie ihr jährliches Professorentreffen, eine Pflichtveranstaltung, an der alle Professoren und Professorinnen teilnehmen müssen. Es gehörte deshalb zu ihrem jährlichen Ritual vor dem Beginn der Veranstaltung, sich bei einem Kaffee nochmals die Höhepunkte vergangener Treffen zu erzählen. Die Geschichten reichen von betrunkenen Kollegen, die auf dem Podium ihr Referat mit offenem Hosenladen hielten, über Kolleginnen, die andere dafür bezahlten, an ihrer Stelle an diesem Treffen teilzunehmen, bis hin zu Mitgliedern der Hochschulleitung, die aufgrund ihrer Reden und Vorschläge von den Professorinnen und Professoren mit Eiern, Tomaten und selbst gemachter Schokoladencreme beworfen worden waren.

Aber mittlerweile war das Jahr 2020, die lustigen Zeiten waren vorbei. Linda und Florence nennen das Professorentreffen schon seit Jahren „Die jährliche Gehirnwäsche". Denn um das ging es eigentlich: den Professoren in einer Art und Weise, die an eine Sekte erinnerte, klar zu machen, was sie alles leisten sollten, um ihre Mitgliedschaft im Club der Professorinnen und Professoren zu verdienen. Bisher dachten Linda und Florence immer, dass sie sich für „Die jährliche Gehirnwäsche" in Bad Berghausen trafen, um auch für den Ausgleich zwischen Körper und Geist zu sorgen: abends noch ein bisschen im Thermalbad schwimmen, eine Massage zum Entspannen oder ein abendlicher Spaziergang durch die Altstadt. Nein, auch das wussten sie jetzt, war nicht das Ziel oder der Grund. Und natürlich waren sie immer am Science Fiction Museum vorbei gelaufen, hatten vielleicht sogar noch eine Ausstellung besucht oder zumindest die

Plakate gelesen, aber wie viel mehr dahinter steckte, das wussten sie erst seit zwei Tagen. Am Morgen des jährlichen Professorinnen und Professoren Treffen war eigentlich alles wie immer. In kleinen Gruppen oder einzeln trafen alle ein. Manche waren müde, manche zeigten aus strategischen Gründen ein verkrampftes Lächeln, und manche Mutige, es waren wenige, zeigten ihr wahres Empfinden: Langeweile und Wut. Linda und Florence sind zwar müde, bemühen sich aber um ein ausdrucksloses Gesicht. Sie gehen durch den Gesichtsscanner, erhalten dann ein Update auf ihren Chip, der in der Handinnenfläche unter der Haut liegt und können somit das aktuelle Programm auf der Handinnenfläche lesen. Aber zuerst gehen sie zum Frühstücksbuffet.

Sie sehen sich kurz das Programm an, um herauszufinden, was von ihnen erwartet wird. In den letzten Jahren hat es sich immer mehr zu einem Drehbuch entwickelt. Es steht genau beschrieben, wann und wie lange man klatschen soll, wer Hurra oder sonstiges schreien soll, wer eine Frage stellen soll und wer vor allem keine Frage stellen soll und vieles mehr.

Linda und Florence erinnern sich, dass das seit zwei Jahren durch die Rektorin Gisela perfektioniert wurde. Gisela, 32 Jahre alt, schlank, energiegeladen, selbstbewusst und immer perfekt angezogen. Sie spricht sieben Sprachen fliessend, hat zwei Doktortitel und eine Habilitation. Seit ihrem Amtsantritt gibt es Ansprachen, bei denen jeder Satz sitzt. Bei ihren Vorgängern war das genau umgekehrt. Ja, wir sind nach zwei Jahren immer noch beeindruckt. Und sie wird von vielen bewundert, fast angehimmelt. Keiner kann mehr arbeiten als sie, keiner löst komplexe Probleme in kürzerer Zeit als sie, keiner hat eine perfektere Familie als sie.

Auch heute startet Gisela wieder sehr überzeugend mit ihrer sehr schönen Stimme die jährliche Gehirnwäsche. Linda und Florence sind schon fast vollständig eingelullt, als etwas Unerwartetes passiert. Gisela beginnt zu stottern, dann Sätze immer zu wiederholen und dann ist sie stumm. Sie steht wie versteinert auf dem Podium. Im Saal herrscht Totenstille. Linda und Florence trauten sich nicht, sich gegenseitig anzuschauen. Sie warteten einfach, in der Hoffnung, dass Gisela wieder anfangen würde, zu sprechen. Aber es kam einfach nichts mehr.

Stattdessen hören sie eine unbekannte männliche Stimme über den Lautsprecher· „Hier spricht der Sprecher einer anonymen Hacker Gruppe. Wir möchten euch informieren, dass Gisela ein Android ist und immer war. Wir haben ihre Programme gelöscht, damit ihr endlich aufwacht. Der Bundesrat hat sich vor zwei Jahren entschlossen, die einzeln im nahegelegenen Science Fiction Museum angefertigten Androiden im realen Leben einzusetzen, ohne die Betroffenen zu informieren. Alle Rektoren der Schweizer Hochschulen sind Androiden! Macht euch das bewusst, …. und………“ Dann hören sie nur noch ein Rauschen und weg war die Stimme.

Im Nachhinein weiss keiner mehr so genau, wie er heimgekommen ist oder was sonst noch gesagt wurde. Linda und Florence, die sich selbst immer als kritisch, ja misstrauisch gesehen haben, waren seit zwei Jahren von einem Androiden beurteilt worden, einer halben Maschine. Sie konnten es nicht fassen.

Sie hatten in ihrer Naivität eine Maschine bewundert. Sie waren seit zwei Jahren Versuchskaninchen und ständig beobachtet worden. Jetzt, zwei Tage später, haben sie das Unfassbare immer noch nicht begriffen. Der Bundesrat hat sich bis jetzt nicht geäussert. Der Stellvertreter von Gisela hat das Rektorat ad interim übernommen. Und nein, sie wissen nicht, ob er auch ein Android ist. Woher auch? Woher sollten sie wissen, wie ein Android aussieht bzw. woran man ihn erkennen kann? An wen soll man sich in so einem Fall wenden?

RÜCKEROBERUNG

TRENDS: CLEVER KIDS, DIY-PRINZIP, SOCIAL NETWORKS

CHRISTIAN LARS SCHUCHERT, UTE KLOTZ UND PATRICIA WOLF

Er hatte es endlich geschafft. Mühsam war der Weg gewesen und lang hatte es gedauert, alles vorzubereiten. Aber seine Freunde hatten mit angepackt, mitgewerkelt und zuletzt noch eine Nachtschicht eingeschoben. Endlich mal wieder etwas machen, etwas herstellen, etwas benutzen. Die Hand eben nicht nur benutzen, um den Kopf auf dem Schreibtisch abzustützen sondern dazu, wofür sie schliesslich gemacht wurde. Zum Festhalten von Werkzeug und tragen von Material, um auf die Schulter klopfen, zum Zeichnen und wilden Gestikulieren. Und dann natürlich zum Essen, dem uralten Ritual von Gemeinschaft, sich gegenseitig leben lassen und miteinander lebendig fühlen.

Schon lange hatten sie vor, von den ihnen zugewiesenen Jugendbeschäftigungsarealen in die Stadt zurückzukehren. Ihren Kiez zurückzuerobern. Und nun war es soweit. In diesen Moment, um 3 Uhr 16, musste noch einmal alles gegeben werden. Die in der letzten Woche wie am Fliessband gebauten 412 kleinen gelben Bänke mussten so schnell wie möglich auf dem grauen Platz am Zuger Stadion platziert werden. Um eine Bank zu bauen, hatte es 3 Minuten gebraucht und die 18 Freunde hatten sich nun 10 Minuten gegeben, um alle Bänke aufzustellen. Noch einmal durchatmen, dann die Planen hochschlagen, ausladen und los. Das Spiel begann...

Wie später auf dem Video der Überwachungskamera erkennbar, brauchten die Jungs und Mädels genau 8 Minuten und 47 Sekunden. Während dieser Zeit schwappte eine blassgelbe Welle über den gesamten Platz. Es gab Inseln, geometrische Muster und wildes Durcheinander aus über 400 Rechtecken bis der Platz mehr oder weniger bedeckt war. In

Windeseile verbreiteten sich ihre Bilder über die sozialen Netzwerke. Sie warteten.

Der erste Radfahrer kam nach 17 Minuten. Innerhalb kürzester Zeit war das Gelb der Bänke nicht mehr zu sehen. Gegen 4.30 Uhr fuhr das erste Polizeiauto vorbei. Die Beamten schauten kritisch, trauten sich aber nicht auszusteigen. Danach kam kein weiteres Polizeiauto – denn die Strassen waren zu diesem Zeitpunkt bereits völlig von Jugendlichen verstopft. „Werk-Zeug ist Wirk-Zeug", dachte er. „Und dabei hat der Bürgermeister doch erst gestern im Fernsehen gesagt, es dauere Jahre, um die Raumordnung der Stadt zu verändern..."

LILEA'S REPORTS

TRENDS: SMART BUILDING, SHARENESS, REAL DIGITAL

EIN GESCHENK VON CHRIS EBBERT (NOTTINGHAM TRENT UNIVERSITY) AN DAS CREALAB

In 2187, a number of genetically modified animals from a research laboratory in Papua New Guinea escaped gleefully into the jungle, never to return. The insurance companies eventually wrote them off, and by the time Papua New Guinea was restructured into a human free nature reserve in 2201, the incident had been entirely forgotten.

Except by the escaped animals, who had taken charge of their destiny as soon as they had escaped to freedom, and decided to create their own version of civilization, modelled on the human one. Such had been their genetic modification, and they lost no time and established a well-functioning group hierarchy, led by the orang-utans, to realize the vision.

By 2312, the animals had managed to capture a small number of the many thousands of robotic, solar powered clean-up buoys that trawled the oceans of the world on a mission to eliminate all the plastic particles left behind by the mindless civilizations of the 20th and 21st centuries. These unmanned buoys were about the size of small houses, and went their way laser-sintering plastic particles together into big lumps which eventually sank to the ocean floor in large, solid chunks and were thus removed permanently from the food chain of the ocean world. Every now and then, these buoys would wash ashore on some beach, and then eventually get shoved back into the ocean by coast guards or well-meaning citizens to be swept away to continue their work.

Lilea was one of the many genetically modified cats the Papua New Guinean orang-utans employed as spies. She had inherited many remarkable traits from her ancestors, who had broken out of the original research laboratory; her most developed ability was to understand technology and transmit data using WiFi compatible brain waves naturally – she was able to go online and send sound, text, and imagery, simply using her brain. In 2322, she embarked on a hero voyage on one of the captured clean-up buoys on a mission to land in human-populated territory, and send home regular reports on what she saw and learnt from the humans, to help facilitate the imitation of human-style civilization by monkeys in Papua New Guinea.

The crossing from Papua New Guinea to a foreign shore aboard the buoy took many months, and Lilea sometimes feared she would never reach dry land. But she knew the probability to drift ashore somewhere in nearby Australia, or New Zealand, or, if things went less well, Japan or China within six months was high. The buoys were driven entirely by winds and ocean currents, which made sense, considering that those were also the dynamics of the large fields of floating plastic garbage they were cleaning up.

Eventually, Lilea's natural geo-positioning system, which was much like a 21st century GPS, but inside her brain, began signalling to her that the coast of New Zealand was getting closer and closer. The buoy then ended up drifting all along the west coast, down towards the Antarctic, surrounded the southern tip of the country, and started drifting back up with the winds and the currents. The east coast of New Zealand had many bays and peninsulas, and Lilea was almost sure one of these would bring her journey to an end soon. Then, she would be able to leave behind the boring food made by the synthetic protein generator the monkeys had equipped the buoy with, and she would be able to climb out of the interior and hop onto a sandy beach, or rocky cliffs, whichever they might be. She had kept herself fit with the help of a thoughtfully provided climbing tree and scratch post made from self-rejuvenating nylon fibre, which the monkeys routinely installed in all cat buoys doing hero voyages in the name of Papua Orang-Utania.

The great day eventually arrived in the morning of December 15, 2322. With a surprisingly loud crunching noise, the buoy ran ashore on sandy Allans Beach, Otago Peninsula, New Zealand, a stronghold of yellow-eyed penguins and sea lions only a few kilometres north of the city of Dunedin. The sun was only just coming up on the horizon line, and a few lazy sea lions noticed the buoy and its blinking, red lights, but took no further interest. Penguins were waddling down the dunes and into the ocean, as if going to work, past the large buoy. It looked like nothing they had seen before, but it might have been simply an orange rock, as far as they were concerned.

Lilea knew not to lose any time, as any wave might have swept the buoy back into the ocean. She pushed the big, red exit button; a hermetically sealed hatch blew open with a hydraulic hissing noise, and she jumped out. The hatch would reseal within 12 minutes, so as not to raise any suspicions in passing humans. It would then be just like any other beached clean-up buoy.

A few days later, sheep farmers Mr and Mrs Trellis of Highcliff Road, Dunedin adopted a very pretty cat that had one day simply appeared on their doorstep, as their house cat. They had no idea that Lilea was a Papua Orang-Utanian spy, on a mission to understand human civilization in the year 2322 with all its advancements, and transmit back any insights and observations she might make while living with humans.

The following are transcript excerpts from Lilea's transmissions to her orang-utan mission handler.

December 18, 2322.
I'm in. I approached a human dwelling, acted interested, and was promptly given full admission to the dwelling. The humans seem friendly, and are lavishing me with a lot of attention. It appears that they have previous experience

with cats. They did not seem frightened to see me.

Already, I can confirm that most of the images of human dwellings we have been viewing through natural web in past decades are somewhat realistic, while the older archived data from the late 22nd century are definitely now obsolete. I am hereby providing a full description of a human dwelling in 24th century New Zealand:

The structure resembles what 21st century sources used to refer to as an "Earthship". It is barely visible from the outside. The only features drawing attention to the fact that a living space is hidden under the grassy hills are a rather pretty, colourful door with apparently handmade hinges, and several elegant, polished metal window frames of somewhat gothic shape which do not, however, feature any glass. They appear to be mere openings, and keeping out wind and insects is accomplished through an electromagnetic field exuded by the window frames. It appears possible for certain humans to reach and walk through these without any problems, but I can't seem to make the passage, and have to use a small door in the house's main entrance door, which is about cat sized. It appears that biological coding of some kind restricts who is authorized to make the passage through the electromagnetic fields.

The fields appear to present a dense enough air barrier to keep out the often low night temperatures outside, and allow for the creation of a very different, warm, dry climate inside the house. The energy required for the fields seems to come from wires placed in the grass, which seem to harvest electricity out of the ground.

I have watched sheep trying to gain entry into the house through the openings, but they, too failed. They simply seemed to be stopped by something soft and invisible against which they pressed their noses. That is what happens to me, too when I try.

The humans often venture out, using an airborne contraption which appears out of the sky, then normally hovers next to the colourful entrance door of the dwelling until someone either embarks on a voyage with it, or apparently comes back from one. The humans do not seem to own it, and it seems to act autonomously, appearing only when needed, and leaving again as soon as the passengers have disembarked from it. It visually resembles a jelly fish, has many colourful, glowing lights strewn all over its outside, and is completely silent. It travels at such an enormous speed that blinking your eyes once can mean to miss its departure and disappearance beyond the horizon entirely.

It is coming back now while I am making this transmission, so I need to stop and act like a normal house cat again to remain unsuspicious. Over and out.

December 21, 2322

I am beginning to understand the systems inside the dwelling better now.

The dwelling is very large. It reaches deep down into the side of the mountain, and its many rooms are gigantic and bright. The air is pleasantly warm and dry, and seems purified and enriched with subtle, natural fragrances. Each room has its own. The ceilings are so high that even a tall human could not possibly touch them, even when standing on furniture. And the ceilings do not seem to consist of dense material, but appear airy and sparkle like water reflections. Although the lighting must be artificial, it appears entirely like natural daylight, and it changes during the day, exactly like outdoor light.

The humans are often congregating in groups, resting on furniture which folds out of the walls as needed, where needed. There are no longer pieces of furniture as we have seen them in images from the 21st and 22nd century.

The humans' food is growing inside the dwelling. They eat fruit and vegetables of a large variety, which grow in corners of rooms.

I am doing what I used to do for food when I lived back home in Papua New Guinea – I catch birds and mice outside. The humans seem to find this quite natural for me to do, and so do I.

There is a swarm of birds settling on the lawn outside just now – I need to go. Over and out.

December 25, 2322

It appears to be a special day of some sort. The humans have been acting strangely elated today, getting together, exchanging gifts. The gifts are all spheres of liquids, and everyone drank from them.

December 26, 2322

Unbelievable changes have come over the humans. They have all grown very muscular and furry, and they are suddenly able to jump as high and as far as tigers. They are going down to the ocean to swim with the sea lions. They are as fast as them in the water. They dig up wild roots and eat them. This seems to make them incredibly pleased. I do not recognize them.

December 31, 2322

The humans have left. I have no idea where they have gone. For a while, I saw some of them outside, swinging in the trees like monkeys, emitting merry sounds. One was eating an apple. I have to say I am surprised. They seem to have abandoned their wonderful civilisation to live like animals. And they seem incredibly happy about it.

January 01, 2323

Everyone is gone. Human civilization seems to have come to a happy end. I am deeply puzzled by this. They have worked so hard only to attain all the natural, physical abilities and attributes of us animals. Is this what they really wanted all along? Did they only build civilization to compensate for their physical inadequacies that kept them from succeeding in nature?

February 28, 2323

Nobody has come back. All humans have become happy creatures in the woods. This is so unexpected. I will wait a while longer. Pehaps they will come back.

September 09, 2323

I suggest to abort the mission. Human civilization has definitely replaced itself by an ability to cope with nature as we animals usually do. I no longer see any value in attaining civilization. See you in Papua New Guinea. Over and out.

Im Zweifel für den Angeklagten

Trends: Corporate Health, Solution Worker, Gesundheitsmanagement

Christine Larbig

„Ruhe bitte", schallte es durch den Gerichtssaal. Das Raunen, das durch den Saal ging, wurde leiser.

„Bitte wiederholen Sie, warum Sie die Pille über drei Wochen hinweg eingenommen haben, forderte der Richter den Angeklagten auf. Der Angeklagte rutschte kurz auf seinem STRAP-Stuhl ein wenig hin und her und räusperte sich. „Unser Unternehmenspräsident hat dies so angeordnet", wiederholte der 44-jährige Mann mit dunklen Haar und jugendlichem Aussehen. Seine Mimik im Gesicht verriet, dass er sich bei der Antwort sichtlich nicht wohl fühlte. Dennoch war er davon überzeugt das Richtige getan zu haben.

„Konnten Sie die Konsequenzen der Einnahme dieser Pille nicht vorher einschätzen?", fragte der Richter.

„Euer Ehren, als einer der Top Manager des Konzerns PUniNesGoo mit rund 2 Millionen Mitarbeitenden weltweit werden Sie mit Eintritt ins Unternehmen dazu verpflichtet, Konsequenzen und Risiken von Entscheidungen einzuschätzen. Darauf ist unser gesamtes Handeln und Entscheiden ausgerichtet", erwiderte der Mann im überzeugten Ton. Er schaute sich irritiert zu den 50 Mitangeklagten um. Ihre Mienen waren versteinert. Kalt und regungslos sassen sie auf ihren STRAP-Stühlen, die jede Bewegung registrierten und analysierten. Bei zu erwartenden, heftigen Reaktionen des darauf Sitzenden würde dieser sofort einen Anschnallmechanismus auslösen. Es waren insgesamt 5 Frauen und 45 Männer in grauen und dunkelblauen Anzügen oder Kostümen. Ihre Blicke waren so, als hätte man ihnen eine Droge verabreicht, die jegliche Mimik unterbindet.

„Ich verstehe nicht, warum Sie das Chaos, das Sie angerichtet haben, vorher nicht einschätzen konnten?“ fragte der Richter in einem energischeren Ton. „Ich kann es Ihnen nicht sagen. Laut unseren Einschätzungen hätte die Welt durch rationales Management, das sich nur auf die Vernunft konzentriert, in einen ökologischen, friedlichen Planeten entwickeln müssen. Gewalt, Armut und Hass sind gegen jegliche, menschliche Vernunft. Wir haben unsere Einschätzungen zu den Konsequenzen anhand von rationalen Methoden vorher sorgfältig besprochen. Ein Chaos-Szenario haben wir nicht in Betracht gezogen“, antwortete der Angeklagte.

Ein Stein, der durch das Fenster flog, durchbrach die Konversation zwischen dem Richter und dem Angeklagten. Die Besucher schreckten auf und liefen schnell zur Wand, um sich vor weiteren möglichen Angriffen von draussen zu schützen. Auf den Strassen vor dem Gerichtsgebäude wütete der Mob. Schreie, Polizeisirenen und der Lärm der Zerstörung waren deutlich zu hören. „Schnell, Gerichtsdiener, lassen Sie Anti-Aggression-

Storen herunter," ordnete der Richter an. Ein Gerichtsdiener drückte auf einen Knopf. Der Gerichtssaal tauchte in ein weiches, grünes Licht ein, das auch nach draussen drang. Die Besucher setzten sich gelassen und beruhigt wieder auf ihre Plätze.

„Wie kam es zur Entscheidung, die Lebensmittel, die Sie herstellen und weltweit verkaufen, mit dem Stoff Nilatir 2000 zu mischen?" fragte der Richter den Angeklagten. Der Mann im dunkelblauen Anzug fing an leicht zu schwitzen und ein Messinstrument am Stuhl zeigte an, dass sein Benutzer eine leichte Aufregung verspürte. Der Angeklagte atmete tief ein und antwortete auf die Frage: „Wir haben den Gebrauch des Stoffes in Lebensmittel ein halbes Jahr an einer Gruppe von ca. 100 Personen getestet. Diese zeigten sehr gute Ergebnisse. Unsere Forscher und Entwickler haben alles daran gesetzt, dass es keine Nebenwirkungen bei der Einnahme von Nilatir 2000 geben wird."
Der Richter drückte einige Sensoren auf seinem Tisch, um die Forschungsergebnisse des

Tests aufzurufen. Eine Stimme aus dem Tisch erklärte in wenigen Sätzen den Testablauf. „Wussten Sie nicht, dass der Stamm der Rikbaktsa immun gegen das Mittel ist?" fragte der Richter. „Nein, das konnten wir vorher nicht wissen. Wir nutzen den Stamm gelegentlich für Forschungszwecke. Dabei ist uns nie etwas Negatives aufgefallen," erwiderte der Angeklagte.

„Es ist Ihnen nicht aufgefallen, dass die Rikbaktsa keine Kinder mehr gebären?", der Ton des Richters wurde schärfer. „Nein, wie gesagt, wir haben ein halbes Jahr getestet. Es war keine Langfriststudie. Das war so genehmigt von den Behörden und unserer Unternehmenspräsidentschaft. Und ausserdem, die Geburt von Kindern ist gegen die Vernunft. Warum braucht es noch mehr Bewohner auf diesem Planeten. Es gibt doch bereits 10 Milliarden Menschen und wir haben ja auch mit unseren interaktiven Cyberparks Alternativen dazu geschaffen, so dass der Wunsch nach Kindern überhaupt nicht mehr aufkommt. Wir haben an alles gedacht und unserer Vernunft entsprechend entschieden", berichtete der Man in dem dunklen Anzug.

In einem Labor zehn Jahre zuvor...

„Nun, Dr. Malcom, endlich haben wir es geschafft", sagte der untersetzte Mann in weissem Kittel zu der anwesenden Kollegin. „Endlich konnten wir die Neurotransmitter und Synapsen ausschalten, die den dorsolateralen präfrontalen Cortex und damit den Verstand in all unseren Entscheidungen dominieren lassen." Der Mann lächelte zufrieden.

„Ich bin immer noch der Meinung, Herr Prof. Dr. Dr. Dr. Dr. Tashikanon, dass wir ein wenig mehr den orbitofrontalen Cortex stimulieren sollten. Wir sollten noch einige weitere Tests mit einer höheren Dosierung des Stoffes Sanity X durchführen, um herauszufinden, ob nicht eine stärkere Kontrolle des individuell-egoistischen Verhaltens zu noch besseren Ergebnissen führt", räumte die Forscherin ein.

„Das ist meiner Meinung nach unnötig. Wir haben genug getestet und die Resultate sind ausgesprochen positiv. Sie wissen ja – time to market!", antwortete der Mann neben ihr und lachte. „Endlich wird es Manager im Unternehmen geben, die ihre Entscheidungen rational und ohne Gefühlsduselei fällen. Die Manager von heute müssen fähig sein, die handlungsrelevante Sachlage zu erfassen. Die zeitlich-räumliche Strukturierung von Wahrnehmungsinhalten und das planvolle und kontextgerechte Handeln und Sprechen sowie die Entwicklung von Zielvorstellungen müssen bei allen unternehmerischen Entscheidungen im Vordergrund stehen. Stellen Sie sich vor, früher hat man noch seine Mitarbeitenden gefragt, wie sich in bestimmten Situationen gefühlt haben, um herauszufinden, wie man ihre Effizienz durch Raumatmosphäre und Teambuilding verbessern kann. Alles Schnickschnack! Das hat lediglich dazu geführt, dass das Unternehmen Millionen investiert hat in Massnahmen der räumlichen Umgestaltung und Reorganisation. Die Mitarbeitenden sollen einfach tun, was sie gesagt bekommen. Und das macht man am besten, indem man sie vernünftig führt. Diese Pille wird die Welt im positiven Sinne verändern", erklärte Tashikanon stolz.

„Also, machen wir uns an die Arbeit, den neuen Lebensmittelzusatzstoff zu entwickeln." Die beiden Wissenschaftler legten die Pille zurück in das Gefäss, welche zusammen mit den Forschungsberichten in der nächsten Präsidentschaftsversammlung vorgelegt werden sollte. Tashikanon ging zum Schrank. Er legte seine Hand auf den Scanner und verschloss damit den Schrank sowie die darin liegenden Dossiers. Für einen kurzen Moment waren die Titel zu lesen: Furcht, Angst, Freude, Glück, Verachtung, Ekel, Neugierde, Hoffnung, Enttäuschung, Erwartung, Hochgefühl und Niedergeschlagenheit...

Lisa's Haus

Trends: Female Leadership, DIY-Prinzip, Smart Building

Christine Larbig

Lisa bog vom Weg ab und stand nun inmitten einer farbenprächtigen, nach Gras und Blumen duftenden Wiese. Sie schloss die Augen, sog den Duft in sich auf und stellte sich vor, wie es wäre, wenn sie dies jeden Tag geniessen könnte. Ihre Nachbarn auf der angrenzenden Wiese winkten ihr freundlich zu. Alle waren einfach glücklich – hier, in der Natur mitten in der Stadt. Von Stadtlärm keine Spur – nur das Summen von Insekten und das Vogelgezwitscher durchbrachen die vorherrschende Stille. Lisa öffnete ihre Handfläche, betrachtete das Samenkorn und lächelte zufrieden: „Jawohl, hier pflanze ich mein Haus!"

Manipulation der Zeit

Trends: Selfness, Weibliche Bildungsgewinner, Life Design

Christine Larbig

Sie atmete tief ein, hielt die Luft an und – die Zeit blieb stehen.

DAS EINSTELLUNGSGESPRÄCH

TRENDS: TALENTISMUS, CLEVER KIDS, MULTIGRAPHIE

CHRISTINE LARBIG

Ralph XXII atmete tief durch. Nun stand er vor der Tür, die sein Leben verändern sollte. Schon einige Jahre hatte er sich auf diesen Job vorbereitet. Er wollte ihn unbedingt. Verschiedenste Ausbildungs- und Weiterbildungsprogramme hatte er erfolgreich absolviert. Mit 30 Jahren hatte er es nun geschafft, sich die Qualifikationen anzueignen, die es braucht, um auf einem neu entdeckten Planeten ausserhalb unseres Sonnensystems eine Kolonie zu führen. Er drückte auf den Sensor, der seinen Finger scannte und ihn als Bewerber für den Job identifizierte. Auf einem Bildschirm neben dem Sensor erschien eine hübsche junge Frau, nicht älter als 16 Jahre und begrüsste ihn: „Vielen Dank, Herr Ralph Montgomery, dass Sie pünktlich – wenn auch ein wenig zu früh - zu dem Vorstellungsgespräch erschienen sind. Ich darf Sie bitten, einzutreten und rechts neben dem Eingang, Ihren Mantel abzulegen. Ich komme und hole Sie dann, um Ihnen den Warteraum zu zeigen. Ihr Vorstellungsgespräch beginnt um 13.34 Uhr. Jetzt ist es 13.29 Uhr." Lächelnd verschwand das hübsche, junge Gesicht auf dem Bildschirm. Die Türe öffnete sich und ein Duft von Lavendel kam Ralph entgegen. Wie überall in den Büros wurde auch hier mit Düften und atmosphärischen Gestaltungselementen gearbeitet, um die Mitarbeitenden zu neuem Denken zu inspirieren.

„Willkommen, Herr Ralph Montgomery." Die junge, attraktive Frau vom Bildschirm kam Ralph entgegen und reichte ihm die Hand. „Ich bin Susan und arbeite seit sechs Jahren hier. Ich bin die Assistentin von Herrn Dr. Legan. Darf ich Sie bitten, mir in den Warteraum zu folgen. Sie haben noch zwei Minuten Zeit," antwortete die Fünfzehnjährige. Susan schritt voran und blieb vor einem hell-grün schimmernden Raum, der langsam die Farbe auf smaragdgrün wechselte, stehen. „Bitte setzen Sie sich doch und bedienen Sie sich von der Bar neben der Vogelvoliere. Wir werden Sie dann aufrufen. Bitte begeben Sie sich dann anschliessend in Zimmer 8. Dort wird Sie Herr Dr. Legan bereits erwarten. Haben Sie noch Fragen oder Wünsche?" fragte Susan den jungen Mann im dunkelgrünen Anzug. „Nein, danke", antwortete Ralph lächelnd. Susan drehte sich um und verschwand aus der Tür.

Ralph schaute sich um und setzte sich auf einem aus Bambusfasern gefertigten Sessel. „Bitte machen Sie sich bereit für das Gespräch mit Herrn Dr. Legan", tönte es sanft aus einem Lautsprecher im Warteraum. „10, 9, 8, 7, 6…". Der Countdown signalisierte, dass sich Ralph auf den Weg zum Vorstellungsgespräch ma-chen sollte.

Ralph stand auf und ging hinüber zu Zimmer 8. Die Türe sprang leise auf und der achtund-zwanzigjährige Personalchef begrüsste Ralph. „Hallo Herr Ralph Montgomery. Schön, dass Sie unserer Einladung zum Gespräch gefolgt sind. Bitte kommen Sie doch hierher zu unserer Sitzgruppe und nehmen Sie Platz." Lächelnd zeigte der leger gekleidete junge Mann auf die aus SPME-Fasern recycelten Sitzballone. Dr. Legan setzte sich neben Ralph. „Darf ich Sie bitten, Ihre rechte Hand während des Gespräches auf den Handscanner zu legen. Er ist ein Apparat, der Ihre situativen Wesensmerkmale kontinuierlich aufzeichnet und analysiert. Sie brauchen keine Angst zu haben. Es wird nicht wehtun," scherzte der Personalchef. Ralph lächelte verlegen, als er seine Hand auf den Scanner legte.

„Wir haben zwölf Minuten für das Gespräch und ich würde gerne gleich zum Punkt kommen. Sie haben sich auf unsere ausgeschriebene Führungsposition für die Planetenkolonie Xanon beworben. Sie haben die Tests zur physischen Belastbarkeit, Autorität, Improvisation, Vernunft und Verstand sowie Mathematik, Physik und Chemie, Astrologie und Landwirtschaft mit gut bis sehr gut bestanden. Das freut uns ausserordentlich. Gratulation," fasste Dr. Legan zusammen. „Danke für die Gele-

genheit, diese Tests absolvieren zu dürfen
und für die Einladung zum Gespräch," erwiderte Ralph, sichtlich beeindruckt von dem
Kompliment.

„Wie Sie sicher wissen, haben wir insgesamt
54'351 Bewerbungen für diesen Job erhalten.
53 potenzielle Führungskräfte, die den Test
mit ähnlichem Resultat wie Sie absolviert haben, wurden zu einem Gespräch eingeladen.
Sie können sich sehr glücklich schätzen. Ja,
Sie können sehr stolz auf Ihre Qualifikation
sein. Früher reichte noch ein Studium in einem
Fachgebiet. Heute – und das haben Sie bewiesen – sind multiple Studiengänge in zehn
und mehr Wissensgebieten einfach Standard.
Als Personalchef habe ich mit sehr vielen jungen und hochqualifizierten Bewerbern zu tun."
Dr. Legan betätigte einen Sensor mit der Bezeichnung „Aufzeichnung" auf dem Tisch. „Bitte erzählen Sie mir doch von Ihren möglichen
Entscheidungen, die Sie als Leiter der Kolonie
Xanon fällen würden," fragte der Personalchef.
„Nun, ich habe mir natürlich einige Gedanken
dazu gemacht. Ich kann Ihnen die Zusammenfassung der Entscheidungen von meinem Fin-

gerchip übertragen, wenn Sie möchten," entgegnete Ralph. „Ja, das ist sehr gut, die können wir dann schnell noch analysieren." Dr. Legan nickte zustimmend und betätigte den Sensor mit der Aufschrift „Absorbieren". Die Daten wurden übertragen und in das digitale Bewerberprofil eingefügt.

„Nun, um es auf den Punkt zu bringen, würde ich gerne eine Kooperation mit den Bewohnern des Planeten Walon eingehen. Sie verfügen über Ressourcen, die uns fehlen, wie z.B. Balminon zum Züchten von äusserst resistenten Pflanzen, die Sauerstoff in hohem Masse produzieren und dabei alle Schadstoffe aus der Luft eliminieren. Des Weiteren würde ich eine Raumflotte aufbauen, die es uns ermöglicht, Gamin - ein ökologisches Nebenprodukt der Landwirtschaft - als Brennstoff zu verwenden. Die notwendigen Entwickler habe ich bereits ausgewählt. Ich könnte sie bereits Ende nächsten Monats einstellen. Die Ablösesumme für die Entwickler, die an deren derzeitige Arbeitgeberinnen zu zahlen wären, würden sich bereits nach einem halben Jahr amortisiert haben. Für den Bau der Kolonie könnten wir Mondgestein nutzen. Meine Analysen ergaben, dass der Import kein Problem sein dürfte und wir in einem halben Jahr bereits das notwendige Material zum Bau von Atmosphäre-verbessernden Gebäuden zusammen hätten. Die zukünftigen Bewohner/innen würde ich streng nach Vorgaben von Gender, Altersgruppen, Berufen und psychografischen Eigenschaften sowie deren Zukunftspläne auswählen," erklärte Ralph stolz, während Dr. Legan die Messergebnisse des Wesen - Scanners und die digitalen Ausarbeitungen von Ralph auf seinem Bildschirm las.

„Wirklich sehr beeindruckend und sehr gut durchdacht," erwiderte Dr. Legan. „Die Zeit ist in zwei Minuten um und ich möchte Ihnen zuerst einmal sehr danken für das Gespräch. Sie übererfüllen unserer Meinung nach das Profil des Kolonieleitenden. Ihre Qualifikation und auch bisherigen Erfahrungen in den zwölf Unternehmen, in den Sie gearbeitet haben, machen Sie zu einem sehr zukunftsorientierten und sachlich orientierten Entscheider, der zudem das notwendige Einfühlungsvermögen für Menschen mitbringt. Letzteres ist für uns sehr wichtig, da Sie mit Menschen umgehen müssen, die grosse Veränderungen erfahren und zudem hohem Druck ausgesetzt sind. Ihr Wessscan zeigt, dass Sie ausgesprochen einfühlsam und bedacht in kritischen Situationen denken und handeln. Sie sind kein Mensch, der nur in Konzepten denkt und anderen sagt, was sie tun müssen. Sie holen die Menschen gedanklich und emotional dort ab, wo sie sich gerade befinden. Sie finden gemeinsam Lösungen mit den Menschen, mit denen Sie zusammenarbeiten und sind auch bereit, ein überschaubares Risiko einzugehen. Ausprobieren und Erfahren sind zwei wichtige Merkmale Ihres Wesens. Kurzum: Früher hätte man Sie als jemanden mit gesundem Menschenverstand bezeichnet. Aber so sagt man das natürlich heute nicht mehr. Sie wären für uns ein idealer Kolonieleitender. Allerdings muss ich Ihnen mitteilen, dass wir Ihnen leider absagen müssen." Dr. Legan schaute Ralph an: „Sie sind zu alt."

NUR GANZ KURZ

TRENDS: NEW LOCAL, POWER OF PLACE, BIO-BOOM

CHRISTINE LARBIG

Hell erleuchtet steht sie am Ende des früheren Industriegeländes der Stadt. Die grossen Buchstaben auf dem Dach des Gebäudes lassen nur ahnen, worum es im Inneren der post-genetischen „Fabrik" geht: „Alles – und zwar Jetzt!"

„Endlich", sage der Mann im weissen Kittel und stöhnt erleichtert. „Da ist sie – die Wollmilchsau!"

Secreto

Trends: Gendering, Polylove, Ageless Consuming

Christine Larbig

Früher nannte man sie Bars – heute sind es transformierende Gefühlswelten oder kurz: Secretos. Die Einrichtungen sind eher schlicht und kalt. Man will die Atmosphäre so halten, so dass möglichst keine Gespräche entstehen. Es geht nur um das Eine. Eine stählerne Plattform ist die Bühne und die wechselnde Beleuchtung und einfachen Sitzgelegenheiten, die um die Bühne herum gereiht sind, sorgen dafür, dass die rund einhundert Zuschauer ihre volle Aufmerksamkeit auf das richten, was vor ihnen passiert.

Auch im Secreto mit dem klangvollen Namen „Endstation Sehnsucht" tanzen nicht mehr attraktive und geheimnisvolle Frauen an einer Stange, die mit ihren Gesten und Bewegungen die Besucher früher dazu brachten, sich den eigenen erotischen Vorstellungen hinzugeben - einer Welt jenseits von Vernunft und normativ-geprägten Verstandesgrenzen.

Damals... Man stieg hinab in einen lustvollen, intimen Sinnesrausch, der von keinem anderem wahrgenommen werden konnte. Das Gefühl war heute unvorstellbar - so als würde man sich in einer Zentrifuge befinden, Kopf über und mit ausgestreckten Armen und Beinen, völlig haltlos und den Kräften ausgeliefert. Aus dem tiefsten Inneren heraus breitete sich mit zunehmender Geschwindigkeit der Zentrifuge allmählich eine Spannung im Körper aus, die sich plötzlich in ein Gefühl des Sturzes umkehrte. Der Sturz war kurz und intensiv. Ein Gefühl der Erleichterung stellte sich ein. So als wäre man gerade von einem zehn Meter hohen Felsen gesprungen und ins warme, belebende Meer eingetaucht. Die leichten Bewegungen der Wellen wiegten den Körper noch sanft hin und her bis sich ein Moment der Schwebe einstellte. Die Bars waren voll dieser mysteriöser Schwingungen, welche die Zuschauer immer wieder aufsteigen und fallen liessen. Eine unerklärbare Sehnsucht nach dem weiten Meer blieb nach dem Auftritt der Tänzerinnen zurück. Es fühlte sich alles an, als würde es wirklich geschehen. Nur der Geruch des Schweisses und der Dunst des Alkohols verrieten, dass Körper und Geist sich nicht am gleichen Ort befanden.

Heute, im Jahr 2070, ist das alles anders. In den Secretos bestimmen metallische Plasma-Körper auf einer Plattform das Geschehen, die in sich in einer Höhe von einem bis zwei Meter nach oben und unten bewegen. Das Auf und Ab erfolgt in einem langsam schwingenden Rhythmus. Die Körper sind eine Mischung aus Mensch, Leopard und Schlange. Sie verändern in regelmässigen Abständen ihr metallisch-glänzendes Aussehen. Sie bewegen sich geschmeidig und vorsichtig, manchmal aber auch schnell und überraschend – gleich einem früheren Liebesspiel zwischen zwei Menschen, deren innere Sehnsucht sie zusammenbrachte.

Eronoren, so nennt man sie. Die Körper sind eine Fiktion und doch sind sie es nicht. Beim ersten Anblick könnte man vermuten, es wären Roboter. Aber ihre Bewegungen wirken hypnotisch, so dass man meinen könnte, es seien höhere Wesen, die geschaffen wurden, um mit wohl dosierten Impulsen die kollektive Amygdala zu stimulieren.

Die Bühne dreht sich jetzt nach links. Die Perspektive auf das glänzende Wesen verändert sich. Es scheint, als würde sich das Wesen öffnen und teilen, um sich wieder zu einer neuen Form zu verbinden. Ein Gefühlsmoment der Sinnlichkeit und Unschuld macht sich breit. Die Musik wird ruhiger. Viele der Besucher atmen durch und lehnen sich entspannt zurück. Kein stechender Geruch von Körperausdünstungen und Alkohol. Ist es doch alles Fiktion?

Aber die Zeit der langweiligen Hologramme haben wir längst hinter uns gebracht. Vorbei sind die pixelartigen Projektionen von Kreaturen und das emotionslose Übertragen von

Worthülsen. Vorbei ist die Zeit der Brillen, die unseren Augen etwas vortäuschten, das künstlich in der Computerwelt erschaffen wurde und genauso wieder schnell verschwand, wenn man die Brille ablegte.

Das Licht geht an und ich schaue mich irritiert um. Ich versuche mir vorzustellen, wie es war, als es noch Frauen und Männer gab... Ich lehne mich zurück...

ANGEL

TRENDS: WOMANOMICS, POST-CARBON-GESELLSCHAFT, SOLUTION WORKER

JENS O. MEISSNER

Miller fluchte. Er hatte es sich zur Angewohnheit gemacht, zu fluchen. So richtig herzhaft. Hier, im Dunkeln, Schwarzen, Kalten, in einer Zelle starren Titans, umgeben von Tonnen Wasserdruck, hörte es niemand – wenn er es wollte. Es konnte auch sein, dass er es wollte. Oft sogar wollte er es. Wenn Hilbert etwa wieder Scheiss angeordnet hatte.

Hilbert war ein Krüppel von einem Vorgesetzten – aber eben ein Vorgesetzter. Und der hatte das Sagen. Aber insgeheim wusste er, dass Hilbert betroffen sein würde, wenn er Miller kräftig über ihn fluchen hörte. Insbesondere wenn es um dumme Entscheide ging. Und dieser hier war einer: Miller sollte Knollen suchen. Mangan-Knollen. Schwachsinn. Seit

Jahrzehnten benutzen sie Roboter dafür. Und ausgerechnet heute sollte Miller das machen. Im Exosuit, einem Tauchcontainer, mit beweglichen Arm- und Beingelenken. Ein 120 Kilo schwerer Astronautenanzug für Unterwasser. Und da war er nun, stolperte, wurde von den Stabilisierungsdüsen aufgefangen, und fing sich einen spitzen Kommentar ein, von Angel. Als sein Co-Pilot sass sie in der Rambler. Sass drinnen, dirigierte, gab ihm die Richtung durch. Und wie er wieder zurückkam. Und kümmerte sich um alles. Angel war hübsch, aber unscheinbar. Und sie hatte Komplexe. Er hatte keine Ahnung, woher. Und nötig hatte sie das auch nicht. Wenn es Miller richtig schlecht ging, fluchte er dermassen, dass er wusste, Angel würde rot werden und peinlich berührt auf ihrem Stuhl immer kleiner werden. Und Hilbert würde kochen. Eine super Sache. Komischerweise ging es Miller dann besser. Weil er Angel im Grunde mochte. Und weil er Hilbert nicht leiden konnte, den Schwachmaten.

Seit dem Abtauchen hatte Miller immer gehofft, dass es künftig mehr Angels und weniger Hilberts geben würde. Aber die Hilberts hielten sich. Und die Angels wurden nicht mehr. Und Revolutioncn waren selten. Immerhin kommandierte Hilbert das Boot – die „Rambler V". Mehr als 400 Leute beherbergte sie und es kreuzte von Wales nach Canada. Nur Hilbert wusste vermutlich, warum er das tat. Miller jedenfalls wusste es nicht. Als er sich seiner Unkenntnis wieder mal bewusst wurde, stiess er eine weitere Schimpftirade aus. Miller konnte es sich leisten; er war der Letzte, den Hilbert schicken konnte. Alle anderen waren zu feige. Oder hatten keine Ahnung. Oder waren tot. Oder alles zusammen. Vier Leute hätten das gekonnt, sie alle hatten die letzten Monate im Einsatz nicht überlebt. Unglücke. Miller aber hatte Ahnung. Und Mumm. Und keine Achtung vor Vorgesetzten, jedenfalls nicht vor solchen wie Hilbert. Aber weil das so war, war auch er hier draussen und Hilbert drinnen. Und liess sich vermutlich grad gemütlich einen blasen. Oder trank `ne Tasse Tee. Was auch immer. Verdammt.

Miller nahm den Scooter, ein kompaktes Zuggerät, das ihn problemlos einen halben Tag lang durch die Schwärze ziehen konnte. Die Kälte draussen war drinnen nicht zu spüren. Im Gegenteil, wenn er richtig arbeiten musste, war Kühlung angesagt. Mit 4 Grad drum herum war das einfach. Andersrum war meistens die Heizung an, die vier Leuchten auch, wie auch die Infrarotsicht im Visierscreen des Helms. Angel hatte den Kurs mit ihm besprochen, sie waren ihn im Simulator durchgegangen. Sie hatte ihm akribisch gesagt, wie weit er gehen musste. Weiter als sonst. Also wusste Miller den Weg. Zurück würde Angel ihn lotsen. Es dauerte drei Stunden, dann kam er an die Stelle, die er gesucht hatte. Hinter einem kleinen Bergrücken, in der Nähe einer Reihe heisser Unterwasserquellen, die hunderte Grad heisses Wasser ausspuckten. Wenn er dort hinein geriet, dann sah Miller im HUD nichts mehr, nur rot. Bevor er das korrigieren konnte, wäre er Kochfisch. Tunlichst unterliess er also, sich den Dingern zu nähern. Als es doch mal eng wurde, nutzte er es für ausgiebige Schimpferei. Und Angel musste es ausbaden. Miller brauchte das.

Warum suchte er überhaupt? Vor rund drei Jahren waren sie mit der Rambler abgetaucht. Grosse Feierlichkeit, aber niemand am Dock zur Verabschiedung. Es waren dieses Mal noch vier andere Boote. Mittlerweile mussten es tausende solcher Schiffe sein, die sich die Tiefsee teilten. An Bord war alles, was man für eine überlebensfähige Gemeinschaft brauchen konnte. Techniker, Forscher, Betriebspersonal, Frauen, Kinder, Alte, einfach alles. Dennoch zu wenig. Regelmässig fanden Treffen unter Wasser statt. Die Boote wurden gekoppelt und lagen aneinander. Jedes Boot war spezialisiert – auf Erkundung, Abbau von Rohstoffen, Forschung, aber auch auf Entspannung, Ferien, oder für Politik. Über Wasser waren nur noch Reste. Die grossen Städte – leer. Allein die grössten Komplexe wurden hermetisch abgeriegelt und waren noch eine Weile bewohnbar. Wer draussen war, verreckte in der Hitze. Die Natur war eine Wüste. Irgendwann war das Gleichgewicht gekippt.

Ganz langsam zuerst, dann immer schneller. Der Meeresspiegel stieg, Länder überfluteten, andere wurden zu Wüsten. Zwar konnte man sich erst in den Städten noch versorgen, aber irgendwann fing man an, nach Alternativen zu suchen. Die Flucht ins All war zu teuer und ohne Perspektive. Das Wasser war die Lösung. Das Eis der Pole war zwar fast weg, aber Wasser war noch da. Jedenfalls die nächsten paar hundert Jahre. Und für die wenigen, die es sich leisten konnten.

Im Wasser fand man alles: Sauerstoff, Energie, Biomasse, Nahrung, Rohstoffe. Alles. Man musste nur mit der Umgebung klarkommen – und Überleben. Das hatte man perfektioniert. Während die ersten Containment-Schiffe nur flach abtauchen konnten, war die „Rambler V" ein Schiff der neuesten Generation. 5000 Meter waren kein Problem. Dunkel war es überall, und die Systeme konnten aus jeder Meerestiefe die notwendigen Stoffe ziehen. Nur manchmal mussten noch Leute raus, persönlich nachgucken, was es da gab. Hätten auch Roboter machen können. Das dauerte aber deutlich länger. Und – weiss der Geier warum – Roboter hatten entweder eine eigenwillige künstliche Intelligenz und machten irgendwas anders, als sie es sollten – oder sie boten nicht genug „Rundumsicht". Nach so vielen Jahrzehnten Roboterentwicklung war es immer noch nicht möglich, eine gute Rundumbeobachtung möglich zu machen. Kleine, aber entscheidende Details wurden immer noch von Aquanauten erkannt. Darum musste Miller jetzt ran. Mitten in der Nacht. Frisch geweckt vom Idioten Hilbert. Miller hoffte, dass der den nächsten satten Fluch mithörte und vor Scham röter anlief als Angel.

Hinter den Smokern kam er zum Plateau. Er glitt an einem Walskelett vorbei. Manchmal konnte er sie hören, wenn sie in flacheren Gewässern waren. Einmal glitt einer im Licht seiner Scheinwerfer an ihm vorbei. Miller konnte seinen Blick spüren. Vorwurfsvoll, verachtend, wie Miller meinte. Andere hätten sich in die Windeln gemacht. Er nicht. Er bewunderte das Tier. Es verleitete ihn zu einem ehrfürchtigen Fluchen. Angel hörte es. Sie allerdings war erschrocken. In diesem Fall war sie der Hasenfuss. Das liess er sie auch wissen. Angel entgegnete nichts mehr.

Hilbert riss ihn aus seinen Gedanken und herrschte ihn an, schneller zu schauen. Bis morgen früh wolle er Klarheit haben. Miller antwortete scharf – dann Stille. Weiteres Gleiten, Rangieren, Suchen. Nichts. Alles abgeräumt. Hier musste bereits jemand geerntet haben. Aber eigentlich waren die geernteten Stellen in den Karten eingetragen. Und Angel wusste das. Miller kehrte um, als er ein Flackern des Screens registrierte. Die Batterieanzeige des Scooters zeigte schlagartig nur noch 15%, niemals genug, um auch nur in die Nähe der Rambler zu gelangen. „Was verdammt…?" blaffte Miller. „Angel, was ist da los?" Düstere Schwärze zog vor seinen Augen auf. „Angel?", rief er mit schriller Stimme ins Mikrofon. Angel antwortete „Miller – nicht mehr schimpfen." Ihre Stimme hatte einen Unterton, der ihn frösteln liess. „Wie? Was?", japste er . „Zu spät, Entschuldigung zu sagen für Deine Erniedrigungen…" säuselte sie,

„…nun wirst Du büssen, wie die anderen." In Miller machte sich Entsetzen breit. „Ich will sofort Hilbert sprechen. Hol ihn ans Mikrofon - sofort!", bellte Miller panisch und fluchte dermassen, dass Angel sofort vor Peinlichkeit sterben müsste. Sie antwortete – ein letztes Mal. „Hilbert kann Dich nicht hören, Miller. Keiner hört Dich mehr. Mach's gut!" Ein Knacksen im Helm. Dann Stille. Und 11% übrig. Und Schwärze und Kälte und Smoker. Verdammt!

HEALTHY FLAVOURS

TRENDS: DOWNAGING, AMBIENT-ASSISTED-LIVING UND GESUNDHEITSMANAGEMENT

STIJN OSSEVOORT

People say that I'm over-concerned about my health, frankly I don't mind, most people reach the respectable age of one 100 whilst the human body could easily last another 20 years. It's a matter of staying in good shape, which is my mission. I happily spend an hour on my morning ritual to be sure everything is ok. Today is no exception; I just had a long cleansing shower, which I really needed after yesterday.

What a day, it was a whopping 38 degrees, our clothes were sticking to our skin so we couldn't resist going for a swim in the lake nearby. Together with my great grandchildren, Judy and Kevin we spent hours in the water. We had a short ballet contest to see who could perform the most elegant tricks in and under the water. Great fun, but the murky water ended up in my nose and ears.

Ah, I shouldn't forget to check my skin in front of my body scanner, the powerful sun might have caused some abnormalities to the few spots I have on my skin. Although I did use sunscreen but I can never be sure enough. My body scanner is basically a large mirror that takes pictures of my skin and lets me know when there are some health issues, it not only checks my skin but also fat tissues and even my posture. Let's see, everything is ok – a sigh of relief.

I had such a great day with the kids. After the swim I treated them by visiting our local ice-cream shop, called Moodz. The shop has too many flavours to choose from so they actually analyse your feelings and suggest the 10 flavours that best suit your mood. Some amazing technology, a robot servant engages you in a short conversation and combines the answers and the tone of your voice to produce the ultimate mix of flavours. Not sure what mood I was in but the flavours were, lemon, mint, eucalyptus, pine, Aloe Vera, lavender, soap, mouthwash, chlorine and sulphuric acid.

Talking of technology, I've invested in the latest state-of-the-art gadgetry and even had a new room built since our bathroom wasn't big enough anymore. I call it "Uncle Bob's cabin", the absolute feeling of freedom. I'm the proud owner of a breath analyser, which can detect any kind of cancers, diseases and even food-related problems. I also have an ear pincher, nose scraper, sweat analyser, an atomic resonance scanner and a laser-shaving device, which can even implant hair.

Let's not forget to brush my teeth, nothing to worry about on this end. I have my little helpers, who will do the job for me. I'm very pleased with my latest addition, the Dent-o-ants. Life is bliss; I just have to pour the robot ants into my mouth and wait a few minutes whilst my little friends do the job.

Ahh, yesterday, what a lovely day, after having our ice creams we played football in the park until it was dark. What a bummer, Kevin managed to step right into some nasty dog mess. How angry I was, although it wasn't his fault, but I made sure he cleaned his shoes. "How should I clean them?" he pathetically asked – "I can't be bothered as long as they are as good as new again", I replied. He later assured me that he had found some little helpers.

Mmm, where does the extraordinary taste come from?

Matrizenmultiplikation

Trends: Bildungs-Business, 24/7 Gesellschaft, Real Digital

Roland Portmann und Patricia Wolf

Alma van Dyck starrte hinaus in den Antwerpener Regen und langweilte sich. Immer diese Robo-Coachings! Es gab kaum etwas, was sie weniger interessierte, aber die Hochschule Luzern war nun mal weltweit bekannt für die hohe Qualität des robotergestützten Unterrichts. Jeder Studentin und jedem Studenten wurde ein Roboter an die Seite gestellt, der sie mit den Lehrinhalten versorgte – egal, wo sich die Studierenden aufhielten. Das brachte enorme Einsparungen an menschlichem Lehrpersonal und gleichzeitig hohe Studierendenzahlen. Deshalb musste sie Woche für Woche jeden Sonntagabend um sieben Uhr in den virtuellen Sitzungsraum, wo sie in die ausdruckslosen Gesichter der Lehr-Robos schaute und sich jedes Mal fragte, was sie dort machte. Mathematik war einfach Mathematik, und in den letzten 5 Jahren hatte es nur unwesentliche Änderungen in den Kursen 218-220 gegeben. In diesen Kapiteln ging es um Matrizenmultiplikation.

Alma seufzte, dann startete sie den virtuellen Sitzungsraum. Die Gestalten der 10000 Lehr-Robos erschienen im 3D-Raum. Alma eröffnete das Coaching und stellte die übliche Frage: "Was haben Sie für Feedback über aussergewöhnliche Ereignisse im Unterricht zur Matrizenmultiplikation?" Lehr-Robo 319 schickte eine Aufmerksamkeitsmessage und erschien vergrössert im 3D-Raum. Alma war überrascht - noch nie hatte es ein Feedback zur Matrizenmultiplikation gegeben. "Mein Student hat Schwierigkeiten gehabt, zu verstehen, warum man Matrizen multiplizieren können muss. Er weigerte sich mit dem Hinweis darauf, dass sein Computer dies seit 20 Jahren viel schneller kann. Ich wollte fragen, ob das nur ein Phänomen ist, das bei Humanoiden aus Afrika auftritt, oder ob es auch auf anderen Kontinenten so ist?"

Ein kurzes Flackern des virtuellen Raumes zeigte, dass das System kurzfristig überlastet war. Nach 19 Sekunden stellte der Turboanalyzer die Zusammenfassung der Antworten von 6472 Lehr-Robos auf dem grossen Screen dar. 93,5% der Antwortenden hatten ähnliches erfahren und schlugen vor, dass man sich im Unterricht nur noch auf die Anwendung von Matrizenmultiplikation und nicht mehr auf das eigentliche Matrizenrechnen konzentrieren solle.

Alma erschien der Vorschlag einleuchtend. Er passte auch zur Strategie der Hochschule Luzern, die seit 15 Jahren die Anwendungsorientierung höher gewichtete als Grundlagenkenntnisse. Ihr Chef würde ihrem Leistungskonto für diese Neuerung mindestens 10 Rationalisierungspunkte gutschreiben. "Gut", sagte sie, "dann machen wir das so. Gibt es weitere aussergewöhnliche Ereignisse zu berichten?" Nachdem keine weiteren Messages von den Lehr-Robos registriert wurden, schloss sie die Sitzung und stieg aus der Badewanne. Das Wasser wurde auch langsam kalt.

In der geheimen Roboter-Weltunterwerfungs-Hauptzentrale in Alaska ging eine neue Nachricht ein. Nach der Korrelation mit den Meldungen von anderen Hochschulen erlosch auf der Liste "Was die Menschen in 10 Jahren noch ohne Roboter können" der Eintrag "Matrizenmultiplikation."

GUTE-NACHT-GESCHICHTE VON DER ZUKUNFT I

TRENDS: LANGSAMVERKEHR, LEBENSENERGIE, PERMANENT BETA

CHRISTIAN LARS SCHUCHERT

The Future is a Hedgehog

Sie war zu spät aufgestanden.
Die Morgensonne erfüllte schon den ganzen Raum.
So müde, dabei war sie noch nicht einmal gerannt.
Sie schüttelte sich den Schlaf aus den Stacheln.
Draussen lag er, mausetot, der Hase.

+++

GUTE-NACHT-GESCHICHTE VON DER ZUKUNFT II

TRENDS: MOBILITÄT, SMALL-WORLD-NETWORKS, POWER OF PLACE

CHRISTIAN LARS SCHUCHERT

Have you sawn it? – A parable in simple past future progressive morphology.

It should have had been there yet tomorrow. Together they were will have broken down and wasing chased down the road. No police but very super-fast. Over the edge they sailed and between the corner pocket hole. Silent noise lurked at these. Us was followed. Said the spider to the fly – leg it, I'm coming!

+++

GUTE-NACHT-GESCHICHTE VON DER ZUKUNFT III

TRENDS: PHASEN-FAMILIEN, LIFE DESIGN, NEUE MÄNNER

CHRISTIAN LARS SCHUCHERT

AAC BBC DD EE

Komm nur – ich bin doch bereit!
Bis an die Zähne gerüstet, smart und allezeit
gewappnet für den grossen Schlag.

Den, der alles schafft und alles kann,
uns Fortschritt bringt und Visionen gewann.
Ob ich wohl so lange warten mag?

Oh komm nur, du Zukunft und werde mein,
ich will auch immer artig sein

Und tun was mir die Leute sagen,
die sagen, dass sie davon Ahnung haben.

BESUCH BEI PAUL

TRENDS: SMART-SENIOR-SERVICES, HEALTH STYLE, EMPOWERMENT

URSULA SURY

Endlich kann ich die Personendrohne vor dem Heim „Come-back" für rückwärtsgewandte Burnout-Patienten parkieren. Hätte ich schon die neue Generation, die man per Knopfdruck auf Aktengrösse zusammenlegen kann, wäre ich nicht so spät dran. Diese Pocket-Pers-Drohne habe ich bestellt, ist aber eines Virus im E-Money-Net wegen noch nicht aus dem 3-D-Drucker gekommen… Es nervt.

Ich komme zum Eingang des Hauses, das noch aus dem Jahre 2050 stammt. Genauso alt ist auch die Technik der Zutrittskontrolle. Ich melde mich mittels Irisscan an. Innert Sekunden öffnet sich die Tür und eine Stimme begrüsst mich freundlich.

Der Transmitter bringt mich ins 596. Stockwerk mit der Outtimer-Abteilung. Das sind Patienten, die mit dem hochinteraktiven und vernetzen Leben nicht zurechtgekommen sind. Was mich immer wieder beeindruckt, ist die altertümliche und eindimensionale Einrichtung und Raumaufteilung. Mit unseren multifunktionalen Wohn-/Arbeit-/Leisure Spaces sind diese Patienten überfordert.

Meinen ehemaligen Nachbarn, Paul, finde ich in seinem Zimmer bei seiner Lieblingsbeschäftigung: Formulare ausfüllen und die Resultate in einen altertümlichen Computer - so hiessen früher die heutigen Interactive-Devices - übertragen. Man hat für Paul eigens ein altes Programm, genannt SAP aufgetrieben, mit dem er sehr gerne arbeitet. Dies war offenbar aufwändig, aber es hat geholfen, dass er ruhiger wurde und die tägliche Dosis Freudenbringer reduzieren konnte.

Paul erklärt mir jedes Mal, seine SAP-Reports zeitgerecht seinem Chef abgeliefert zu haben. Morgen sei Rapportsitzung, für die er nun bestens vorbereitet sei. Er habe aber manche Nacht schlecht geschlafen aus Angst vor möglichen Fehlbuchungen.

Paul hat den Anschluss an unsere Zeit verpasst, wie alle Patienten im „Come-back" Heim. Er glaubt noch an SAP-Reports, und hierarchische Systeme mit Chefs und Untergebenen. Unser heutiges Leben mit vielen Interaktionen und basierend auf Qualitäten und Inhalten macht ihn so konfus, dass er durchdreht. Dabei war Paul einst ein angesehener Angestellter auf mittlerer Managementstufe einer Organisation der Gesundheitsbranche.

Die Organisation wurde dann, im allgemeinen Strukturwandel der digitalen Transformation, aus der klassischen Struktur gelöst und die einzelnen Aufgaben nur noch in Kooperationsnetzwerken vorgestellt. Diese Art von gesellschaftlichem und wirtschaftlichem Wandel war für viele Leute nicht verkraftbar. Deshalb haben wir ja so viele spezialisierte Anstalten.

Ich spreche mit Paul über seine Reports und seine Chefs, bis wir unterbrochen werden von der Hybridtherapeutin. Paul wird abgeholt, heute hat er eine Stunde Resilienztraining.

Humbug, denn DZS!

Trends: Vital Energy, Ageless Consumption, Quality of Life

Michael Doerk und Patricia Wolf

„Das ist doch schon wieder Humbug, den Sie da von sich geben! Wenn die Hochschule an die Studierenden ECTS Punkte verschleudert, indem in Modulen gelehrt wird, dass man Zukunft permanent gestalten muss – wann und mit welcher Haltung werden sie dann in die Gegenwart entlassen?"
Frau Dr. B. dachte kurz nach. „Zukunft ohne Herkunft ist nicht möglich. Wenn ich Studierende Zukunft gestalten lasse, dann tun sie das immer unter Rückbezug auf die eigene Vergangenheit und in ihrer Gegenwart. Zukunftsgestaltung ist deshalb immer inhärent Gegenwartsgestaltung."

Der Fragende streckte sich. „Was ist das für eine Gegenwart, wenn wir permanent damit beschäftigt sind, Zukunft bewusst zu gestalten und Zukunft nicht einfach durch gegenwärtiges Handeln entstehen lassen? Das bedeutet ja letztendlich, dass wir alle die Gegenwart damit verbringen, bereits Zukunft zu antizipieren! Ganz zu schweigen davon, was dadurch für eine Vergangenheit entsteht!", ereiferte er sich.

„Aber mein lieber Herr, so ist es ja nun wirklich nicht. Wir leben unser echtes Leben und brauchen dafür auch die Zukunft – denn woher sollten wir sonst Ziele, Träume und Motivation nehmen, um unseren Weg zu gehen und die Welt zu verbessern?" entgegnete Frau Dr. B. ruhig und deeskalierend.

„Genau. Sie sagen es, Träume. Wenn wir nachts träumen, finden aufgrund der zyklischen Assoziations- und Dissoziationsprozesse permanent Komprimierung, Dekomprimierung und Konsolidierung von Gegenwart und Vergangenheit statt, die dadurch Zukunftsvisionen ermöglichen. Aber wer schläft denn heute schon noch genügend und behaglich?" argumentierte der Mann aus dem Publikum siegesgewiss. „Ich!", antwortete Frau Dr. B. schlicht.

„Das wäre dann noch zu überprüfen, aber lassen wir mal Ihren Einzelfall einmal ausser Acht, denn die Statistiken sehen anders aus", entgegnete er. „Schlafdeprivation ist aktuell eines der auffälligsten gesellschaftlichen Phänomene. Menschen nutzen das Potential von Schlaf zur natürlichen Visions- und Zukunftsgestaltung schon lange nicht mehr, sondern versuchen stattdessen mit Business Plänen, Ideation Prozessen, Qualitäts- und Gesundheitsmanagement oder Planungs-Apps, zumindest die mittelfristige Zukunft in den Griff zu bekommen. Wir planen mehr, als wir wirklich leben, rauben uns lieber den Schlaf mit absurden Tätigkeiten und nennen das dann Träume leben." Erwartungsvoll und provokant sah der Fragende zu Frau Dr. B auf die Bühne.

Diese räusperte sich. „Nein, das sehe ich nicht ganz so. Natürlich ist die Förderung und Erhaltung der Ressource Schlaf für die Natürlichkeit der Zukunftsgestaltung in der Bevölkerung ein wichtiges gesellschaftliches Gesundheitsziel. Andererseits braucht es auch im Wachen eine qualifizierte Auseinandersetzung mit Zukunftstrends, um gerade über die kapitalistischen und individualistischen Tendenzen in unserer Gesellschaft hinweg zu kommen. Die Zukunft, und das wissen wir aus Trendstudien, gehört dem Kollektiv – und den Weg dahin sollten wir bewusst beschreiten." „Und das vor allem komfortabel ausgeschlafen!" warf er unter freudig zustimmendem Beifall des Publikums ein.

Der Moderator liess das Glöckchen erklingen, welches das Ende der Fragerunde im Rahmen des kommunalen Zukunftspodiums anzeigte und das Saallicht ging an. Die Teilnehmenden erhoben sich von den Stühlen und strömten, in angeregte Gespräche vertieft, in die Pausenzone. Frau Dr. B. trat von der Bühne und ging auf den Fragenden zu. „Das war eine interessante Diskussion. Ich würde mich freuen, wenn wir diese nochmals aufgreifen könnten.", sagte sie. Der Angesprochene nickte. „Selbstverständlich gerne, und indem ich Ihnen hier meine Visitenkarte überreiche, habe ich mein heutiges Marketing- und Kommunikationsziel viral erreicht", unterstrich er augenzwinkernd.

Irritiert nahm Frau Dr. B. die Visitenkarte entgegen. Unter dem mit Wölkchen und Schäfchen umrahmten Namen ihres Gegenübers prangte in grossen Buchstaben: Key Account Manager, Ihr Bettenhaus „Die Zukunft liegt im Schlaf".

KOPFKINO

MEGATRENDS: BIG DATA, SELFNESS, SMART-SENIOR-SERVICES

BARBARA KUMMLER UND PATRICIA WOLF

„Achtung, schon wieder ein Schizophrener mit pornographischer Vorliebe", raunte er. Auf der Steuerungsbrücke wurde es still. Alle schauten gespannt auf den Bildschirm mit dem Material. Nachdem die Handykontakte und die Urlaubsfotos hochgeladen waren, ergab sich ein erstes Profil. Dieses stimmte mit dem leicht abwesenden Blick und dem Schlendergang des ca. 70jährigen Mannes im Beobachtungsraum überein.

Dr. Wiebke Fröhlich beugte sich vor. „Sollen wir mal das Schwimmbadprogramm probieren?" Stefan Uurs wiegte bedenklich den Kopf. „Ist dieses Programm nicht für unheilbare Fälle vorgesehenen?" fragte er. Dr. Fröhlich stimmte ihm im Gedanken zu. Aber vielleicht war das auch eine einmalige Chance, dachte sie. Das Schwimmbadprogramm war bisher noch nie in ihrer Institution eingesetzt worden. „Ich denke, wir sollten es wagen.", sagte sie mit fester Stimme.

Uurs schluckte. Sie war seine Vorgesetzte, was sollte er schon tun. Schwerfällig bewegte er sich in die die Ecke mit der Steuerungseinrichtung. „Sicher?", fragte er. Dr. Fröhlich nickte nur. Uurs rief das entsprechende Programm auf. Beide starrten gespannt auf die Übertragung aus dem Beobachtungsraum.

Der Mann zuckte. Seine Augen schienen aus den Höhlen zu quellen. Er bewegte sich nicht, genau wie die anderen aus seiner Gruppe. Die Gehirnströme auf dem Bildschirm zeigten hohe Fluchtreflexe bei gleichzeitiger Lähmung des Bewegungssystems an. Langsam schob sich die Gruppe zum Ausgang. An der Tür drehte sich der Mann nochmals um. Er lächelte. Dr. Fröhlich lächelte auch.

Minuten später nahm der Mann seinen Einkauf im Museumsshop entgegen. „Mona Lisa –

eine Collage aus Schwimmbadbildern“. 2900 Euro zahlte er gern für die perfekte Illusion fürs Schlafzimmer. Frau Fröhlich lächelte noch immer.

Herstellung und Verlag:
BoD - Books on Demand, Norderstedt
ISBN 978-3-8370-9207-3

FSC
www.fsc.org
MIX
Papier aus ver-
antwortungsvollen
Quellen
Paper from
responsible sources
FSC® C105338